AF461584

M. [illegible]

OBSERVATIONS SUR LES CRITIQUES MODERNES.

IL y a quelque tems, Monsieur, que dans une Compagnie où j'étois, la Conversation tomba sur ces deux Choüettes hebdomadaires, qui sont les objets de l'aversion de tous les gens de Lettres. Vous reconnoîtrez aisément aux discours qui se tinrent, le petit nombre de personnages qui furent les Interlocuteurs. Le jeune Provicial, dont vous avez porté un jugement favorable, ouvrit la Scéne : Croiriez-vous, dit-il vivement, que cet Abbé des Fontaines, qui brave tous nos bons Auteurs, cet Haragueur boufon, cet Aggresseur de l'Academie Françoise, du P. Brumoy, & de M. de Fontenelle, est un Ecrivain Allemand en François ; oüi, dont le stile est Allemand, vous dis-je, mais d'un Allemand qui commence à apprendre notre Langue?

L'Admirateur des Anciens, qui lit peu les Modernes, prit la parole, & dit : Monsieur, je vous passerai que M. l'Abbé des Fontaines est un Ignorant; mais je l'ai toujours regardé comme un homme propre à se faire un nom dans la République des Lettres, soit par un grand fond de malignité qui le rend ennemi de tout ce qui est bon, soit par une sorte de talent, qu'on ne peut, ce me semble, lui refuser d'être un assez médiocre puriste. Oh! Pour le fond de malignité, rien ne le caractérise mieux, reprit le Provincial, mais à l'égard de cette qualité de puriste que vous lui attribuez, Monsieur, je m'engage de vous prouver ce que j'ai avancé, que M. l'Abbé des Fontaines écrit comme un Allemand qui commence à apprendre notre Langue : Il se sert très-souvent de mots qui ne furent jamais François, comme : *Papillotage*, *Stile verbeux*, *Contempteur*, *enrichissement*. Il en critique d'autres qui sont du meilleur usage, comme : un homme *affairé*, *se prêter* à une occasion, *il est dangereux que....* N'est-il pas très extraordinaire qu'un

Puriste de profession soit entierement dépourvû de discernement en matiere de stile ? Plaçons le donc, comme il se place lui-même, par un sentiment moins humble que juste (Lettre 82. p. 158.) *Au dessous du moindre de ceux qui exercent aujourd'hui le stérile métier d'écrire.* Voilà peut-être le seul trait d'une bonne Critique, qui soit sorti de cette plume malheureusement féconde.

Pour s'en convaincre, continua le jeune Provincial, il ne faut qu'examiner avec un peu d'attention quelques Passages des Révolutions de Pologne : Et ouvrant le Livre, il lut, T. 2. p. 194. *Le Roi Auguste avoit détenu les Saxons en Pologne contre la foi promise.* Qui ne pensera, en lisant cette expression, qu'il s'agit de Saxons détenus prisonniers, malgré la promesse de leur donner la liberté ? Mais non, il s'agit des Troupes Saxones, que le Roi de Pologne retenoit, & faisoit rester auprès de sa Personne.

T. 1. p. 212. *Un Seigneur Moscovite les avoit fait mettre jusqu'aux gares dans une chaudiere d'huille bouillante.* Quelqu'un entend-il ce que signifient ces mots *jusqu'aux gares* ? Tout le monde gardant le silence, le jeune Provincial reprit ainsi. Ce pauvre Auteur ignore la difference d'un Ambassadeur François à un Ambassadeur de France, qui est assez grande pour qu'un Ambassadeur François pût être Ambassadeur de Moscovie. Mais notre Puriste Allemand n'y prend pas garde de si près, losqu'il dit T. 2. p. 119. *l'Ambassadeur François*, au lieu de l'Ambassadeur de France.

T. 1. p. 184. On trouve *les ordres rëitérées*. T. 2. p. 122. *cette éloquence forte & insinnante qui convaint & qui persuade*. Comment ce redoutable Critique ignore-t-il qu'il faut écrire, les ordres rëitérés & une éloquence qui convainc & qui persuade? Cette derniere faute est même essentielle pour la prononciation.

T. 1. p. 128. *pour réparer la faute que sa trop grande crédulité lui avoit faite faire*. Un étranger qui seroit depuis huit jours à Paris, diroit assurement la faute que sa trop grande crédulité lui avoit fait faire; ce qu'il y a de singulier, c'est que ce Barbarisme est le tour de phrase le plus familier à notre Puriste Allemand. T. 2. p. 145. *Il eut soin de réparer une faute que la précipitation lui avoit faite faire*. Je croirois que ce ſont des fautes d'impreſſion, ſi la même conſtruction vicieuſe ne ſe rencontroit par tout. T. 1. p. 15. *La Ville de Wlodimirow, que Caſimir avoit faite fortiffier* T. 2. p. 160. *Une grande quantité de paille mouillée que le Roi avoit faite à la mer.*

Ses Poeſies ſacrées, qu'il avoit compoſées dans le pieux deſſein de mortifier ſes lecteurs, n'ont pas operé tout le fruit qu'il en avoit attendu, parceque le nombre des Lecteurs a été trop petit. Elles portent en tête un gros barbariſme; car il les a intitulées: *Poeſies ſacrées, traduites, ou imitées des pſeaumes*: comme ſi l'on diſoit, traduire ou imiter de quelqu'ouvrage. Ses fieres obſervations, la terreur des Ecrivains & des Libraires, ne ſont pas mieux écrites.

On lit dans la Lettre 49. *des perſonnes qui ſont connoiſſeurs.* Quel pitoyable jargon ſur tout pour une perſonne ſi *jaloux* du talent de bien écrire! M. l'Abbé Desfontaines trouvera donc bon qu'on lui apprenne ici, que *perſonne* eſt ſeulement du genre maſculin, lorſqu'on l'employe négativement, comme quand on dit, perſonne n'eſt envieux; mais qu'autrement ce terme eſt toujours féminin. & qu'on doit écrire, en parlant d'un homme, une perſonne envieuſe. Je voudrois bien auſſi ſçavoir, pourquoi il ne ſe ſert pas volontiers du mot de ſçavant & pourquoi il affecte preſque toujours d'employer le terme *d'érudit* qui n'eſt pas françois. Apparemment il n'eſt pas faché de faire connoître par là qu'il ſçait le latin.

Dans ſa Lettre 64. pag. 76. il s'excuſe *de ne pas avoir formé*.... au lieu de n'avoir pas formé. C'eſt une faute en cet endroit, de joindre deux négations ſans aucun mot interpoſé. Dans la même Lettre, P. 78., *c'eſt eux qui ont corrompu*.... La ſintaxe & l'oreille ſont également bleſſées, & il faut abſolument dire : ce ſont eux qui ont corrompu. Les fautes ſeules de notre Puriſte donneroient lieu à une grammaire françoiſe aſſez complette.

Alors l'oncle du jeune provincial l'interrompant, lui dit : mon neveu, ſi vous n'y prenez garde, vous deviendrez un auſſi grand épilogueur, que M. l'Abbé Desfontaines; épargnez-nous, de grace, le reſte de vos obſervations grammaticales. Monſieur, (dit alors un des amis de M. de Fontenelle qui étoit avec nous) il me seroit facile, pour changer de propos de vous démontrer par quelques exemples, l'affectation & le mauvais goût du stile de ce critique. Que vous semble de cette phrase ? T. 2. p. 166. des révolutions de Pologne : *cette fausse nouvelle anima les partisans d'Auguste, raffermit ses amis chancelants, ébranla ses ennemis secrets, & fut le désespoir de ses ennemis ouverts.* Voila ce qu'on appelle l'amplification d'un écolier de Rhétorique, au lieu qu'un historien doit dire au plus : cette fausse nouvelle anima les partisans d'Auguste, & jetta le trouble parmi ses ennemis.

T. 2. p. 158. *Il avoit même assiegé Narva au milieu des glaces & des neiges de l'hyver qui regne dés lors en ces climats ;* & ce tems n'est désigné que par cette phrase qui précede : *Le Roy de Pologne n'étoit pas le seul ennemi qui attaquât alors le Roy de Suede.* C'est donc pendant la saison *d'alors & de dès-lors*, que l'hyver regne dans les climats de Narva. Cela n'est-il pas heureusement exprimé ? Nous cherchâmes dans le texte l'explication de cette difficulté ; mais je m'avisai de jetter les yeux sur une petite note marginale qui porte :

Siége de Narva commencé le premier Octobre.

Ecoutez cette prophétie emphatique de sa lettre 51. *Le Rheteur brillant sera toujours foudroyé par le dialecticien lumineux*. Peut-on pousser plus loin cette enflûre qu'il reprend quelques fois?

L'ami de M. de Fontenelle ajouta: le trait suivant est bien agréable. T 2. p 55. des révolutions de Pologne: *Ces craintes n'etoient pas mal fondees, & sans un heureux malheur qui survint...* N'est-ce pas la encherir sur les Poëtes les plus ingenieux?

Un heureux malheur! Qu'il y a là d'esprit? Ovide l'eût il hazardé? & l'auteur du Pantalon Phœbus ne mérite t il pas d'être mis au dessus de tous les originaux? personne assurément n'est plus digne d'être guindé au dessus des nues dans ce panier, dont il parle, (Lettre 5.) & où il veut qu'on mette les métaphisiciens de nos jours.

Un ami de M. Ramsai dit alors d'un ton fort sérieux: Eh Messieurs à quoi nous amusons nous? Considerons l'Historien en lui-même: j'ai remarqué pour moi les traits qui se rapportent à la solidité de l'histoire. M. l'Abbé Desfontaines raconte ce qui suit de l'Empereur Frederic Barberousse T. 1. p. 119. des Révolutions de Pologne : *Il demanda solemnellement pardon au Pape qui lui mit le pied sur la gorge dans la Ville de Venise.* peut-on avancer, sans restriction un fait regardé aujourd'hui comme si suspect, pour ne rien dire de plus ?

Ce qu'on lit Tom. 1. p. 210. *Que les Moscovites étoient autrefois esclaves du Cham des Tartares qui habitent au-delà du Volga*, est contraire à la verité de l'histoire, qui porte qu'un Duc de Moscovie se soumit par un traité à faire la foi & hommage à un Cham des Tartares, mais que ce traité fût retiré aussi-tôt par une avanture très heureuse, & qu'il n'eût pas d'exécution.

T. 2. p. 205. *Il se vit forcé* (le Roi Auguste (*de ceder la couronne au Roy Stanislas, qui dans la suite fut obligé de la lui remettre à son tour.* Il est notoirement faux que le Roi Stanislas ait jamais remis la couronne au Roi Auguste, ni qu'il ait même consenti à lui rendre le traité, la lettre, ni aucun des titres, par lesquels le Roy

Auguste l'avoit reconnû légitime Roi de Pologne. Triste bévuë !

Même page, le grave historien faisant le portrait du Roi Auguste, dit : *plus propre à faire sentir les douceurs du repos à ses peuples, qu'à leur procurer de la gloire, par le succès des armes ; prudent & même timide dans la prosperité...* Rien n'est moins ressemblant que ce portrait. Qu'elle témérité d'ôter au feu Roi Auguste le courage & les autres talens militaires ? Cet arbitre de la réputation des Auteurs, croit-il l'être aussi de la réputation des Princes ?

Mais qu'il y a peu de jugement, continua l'Ami de M. Ramsay, dans les décisions de ce Critique sur les Ouvrages littéraires ! Il disoit dernierement : *Un orateur moderne s'est écrié, dans une de ses harangues,* Dic sodes, ubi probitas. *C'est à peu près comme si nous entendions un Prédicateur s'écrier, où Diable est aujourd'hui la conscience & l'honneur ? ou bien d'un ton familier : ça, dites-moi, où est la probité ?* La premiere comparaison est impertinente & déplacée, la seconde est contre lui ; car un Orateur emploieroit à merveille ces mots, *ça, dites-moi, où est la probité ?*

Il tranche une diſpute littéraire, qui s'eſt élevée ſur ce même paſſage, en diſant : *Je ſoutiendrai toujours que ce terme Latin n'eſt point du ſtile noble, mais ſeulement du ſtile familier, & qu'il ne peut être employé que dans le ſtyle Comique ou Epiſtolaire. J'ai aſſez lû de Livres Latins toute ma vie, pour le décider.* Mais quand cela ſeroit, l'Orateur n'employe-t-il jamais de figure, où il puiſſe faire entrer un diſcours familier ? Au reſte quel dommage qu'un ſi bel Eſprit ait tant lû ! C'étoit pour lui une perte de temps. Plût à Dieu, qu'il n'eût jamais rien lu, qu'il eût toujours penſé, toujours produit de lui-même.

Quand on le prend ſur le fait, en citant faux, & en faiſant dire à un Auteur le contraire de ce que cet Auteur a dit ; *C'eſt*, répond-t-il, (Lettre 82.) *une note que j'avois faite pour le conſulter, & cette note a paſſé à l'Imprimeur.* Eſt-ce là une défaite recevable, & ce Critique ſi ſévére envers ſon prochain, voudroit-il s'en contenter ?

Dans ſa Lettre 58. il fait entendre que le P. Rapin eſt un Critique léger, ſuperficiel, pédant, peu connoiſſeur. *C'eſt à peu près avec la même capacité* (ajoûte-t-il) *& par le même principe, que M. Dacier (ce fameux Scoliaste dont le grand génie n'est ignoré de personne)...* Les Mémoires de Trévoux du mois d'Août 1736. ont relevé la maniere méprisante dont M. l'Abbé Desfontaines parle de M. Dacier : Et le Public rend justice à la mémoire du P. Rapin. Le principe blamé par ces deux hommes, qui ont si bien mérité de la République des Lettres, est que l'amour qui regne sur le Théatre François avilit la Tragédie, & lui fait perdre entierement cet air de Majesté qui lui est propre : que souvent les récits y sont froids, les incidents mal préparés & dénüés de vrai-semblance, l'intrigue mal noüée, le dénoüement hors de la nature ; tout cela joint à des sentimens Romanesques & à une fable mal construite. M. l'Abbé Desfontaines désaprouve ces réfléxions, & il prend le parti des héros tendres & de l'amour.

Il passe à la Critique d'une Tragédie Italienne de M. Maffeï, intitulée Mérope. Dans le récit naïf & intéressant que fait Egiste accusé d'un meurtre, ce jeune homme raconte avec beaucoup de graces les circonstances suivantes

ſuivantes. Je me hâtai de le porter au milieu du pont, marquant avec ſon ſang, la trace de mes pas. De-là, je le précipitai dans le fleuve où il tomba lourdement, & ſa chûte fit un grand bruit ; bientôt l'onde écumante l'engloutit, & le déroba à mes yeux ; la maſſuë de ce brigant & une peau noire qui le couvroit, & que dans le combat je lui avois arrachées, étoient demeurées par terre ; je pris l'une & l'autre, non comme un butin, mais comme un trophée qui me flattoit. Je me raporte à la traduction de M. l'Abbé Desfontaines lui-même, perſuadé qu'elle eſt fidéle. Voici une note qu'il met au bas de la page. *Je m'étonne que l'auteur n'ait pas marqué l'épouvante des poiſſons, ni exprimé le coaſſement des grenoüilles effrayées de ce bruit. . . .*

Un récit auſſi ſimple, & qui n'eſt chargé d'aucune circonſtance ſuperfluë, où il n'y a d'ailleurs ni pointe ni affectation, peut-il donner lieu à une critique ſi outrée, & dont l'aplication a ſi peu de juſteſſe ? Il continuë ſur un ton ironique & inſultant. *La Scêne ſuivante eſt dans le même goût, & peut ſervir à faire connoître les lumieres des Ita-*

liens par raport à la Tragédie. Je ne vous en raporterai ici que la Traduction. Lisez la serieusement si vous pouvez. C'est marquer bien peu de jugement, que de traiter de risible une piece, qui a été regardée avec raison comme un chef-d'œuvre. Le ridicule n'est ici que dans la critique. De quoi s'agit-il dans cette Scène ? Adraste a arrêté Egyste. L'ame basse d'Adraste & ses ruses pour soustraire un Anneau précieux, sont décrites avec beaucoup de finesse ; mais l'Auteur des Observations, comme le serpent de la fable, veut mordre à quelque prix que ce soit. Il traite aussi avec dédain, les Tragédies des Grecs & les Pieces de Theatre des Colleges, quoiqu'il ne soit capable de juger ni des unes ni des autres ; & il devroit s'en raporter à d'excellens connoisseurs, qui lui aprendroient que sans Heros doucereux, elles contiennent plusieurs traits du veritable sublime convenable à la Tragédie.

Ses autres Critiques ne sont pas plus judicieuses. Ne croyez pas qu'il vous donne, dans ses Observations, l'idée & le plan d'un Ouvrage dont il parle. Il porte des jugemens sans équité

& sans connoissance ; & il prend de côté ou d'autre quelques morceaux au hazard, dont il orne sa feüille, qui par ce moyen se trouve faite, sans qu'il soit capable d'y rien mettre du sien sur les matieres qui se presentent.

Un bel Esprit moderne diroit : *Toutes ces Critiques alambiquées ne tracent qu'une espece de grotesque manqué, où leurs superbes Auteurs & le public benin qui les tolere, sont plus ridiculisés que les Livres nouveaux qui en sont les objets. C'est un géant terrible, armé d'un foudre menaçant, qui n'étale à vos yeux que l'avorton d'une fusée impuissante.*

La Lettre 71. contient une comparaison fort juste : Vous allez en juger : *Il y a quelques endroits, il est vrai dans la Collection de Grævius, qui ont raport à l'Histoire Grecque ; comme dans la grande Histoire de Mezeray il se trouve des endroits qui ont raport à l'Histoire de l'Empire Ottoman ; or que penseriés-vous d'un Auteur moderne qui diroit : J'ai cherché envain l'esprit du Gouvernement des Turcs dans la vaste Histoire de Mezeray. Pourriés-vous ne pas rire ? Riez donc, non de Mr. l'Abbé Pagi, à qui cela est échapé, mais de son judicieux &*

sçavant Apologiste. Quelle indigne ironie ! la Collection de Grævius des Antiquités Romaines a une liaison très-intime avec l'Histoire Grecque ; ce sont deux objets communs, & qui marchent ensemble dans la litterature ; au lieu que l'esprit du Gouvernement des Turcs est tout à fait étranger à la vaste Histoire de Mezeray. Mais ces connoissances passent M. l'Abbé Desfontaines. Il ajoûte peu après, *il n'y a gueres de goût dans une pareille Critique, digne de l'admirateur de l'Histoire de Cyrus le jeune, qui pourroit l'être aussi du contempteur des Revolutions de Pologne*. Oh ! le bel effet de cette oposition *d'admirateur* & de *contempteur* ! Oh ! le beau mot que *contempteur* ! Qu'il est heureusement fabriqué, & employé pour M. l'Abbé Desfontaines.

Il vient de corriger & de retoucher un Poëme excellent dans sa Lettre 69. Il a mis à la fin d'un vers, *Pelle*, au lieu de *telâ*. Aplaudissez à un Poëte de nouvelle fabrique, qui surpasse les meilleurs Poëtes. Mais qui ne sçait que c'est sur le parchemin ou l'yvoire, & non sur la toile, que se peignent les petits ouvrages en miniature ? *Pelle* eſt un mot bas, pour entrer dans un vers heroïque, & il ne ſignifie point l'yvoire ; au lieu que *telâ* eſt le mot generique.

Dans la même Lettre 69. il dit *qu'il eſt à propos que dans la Republique des Lettres, on puniſſe le mauvais goût & l'abus du bel eſprit par le ridicule, de même que le vice eſt puni dans la ſocieté civile par le deshonneur.* Voilà donc l'homme de la Republique des Lettres inſtitué pour la diſtribution des ridicules : & comme ce rôle a beſoin d'être adouci, parce qu'il eſt extrêmément odieux, M. l'Abbé Desfontaines a commencé par prendre pour lui la meilleure part des ridicules ; & il veut bien même que ceux qu'il diſtribuë, rejailliſſent le plus ſouvent ſur lui.

La Lettre 71. roule en partie ſur quelques endroits d'une Oraiſon du Pere Porée, traduits dans les Memoires de Trevoux. *Les gens de Lettres*, dit-il, *n'ont pû s'empêcher de rire, en comparant la Traduction du Journaliſte & la nôtre.* C'eſt un délire de cet Abbé, de croire qu'il a toûjours les rieurs pour lui. Dans la 77. p. 24. *Un nouveau ſyſtême de Mu-*

sique l'a fait pâmer de rire, Même Lettre p. 47. *on a fait depuis peu un éloge risible de la Tragédie de Mérope.*

Ce qui est singulier au dernier point, c'est qu'il se croit un Censeur en titre d'office. Il dit dans sa Lettre 84. p. 215. *M. Restaut me permettra-t-il de dire avec la liberté que mon employ autorise*, &c. M. l'Abbé Desfontaines me permettra-t-il à moi de lui dire avec la liberté que mon emploi (de Redresseur des Fatuités) autorise? Taisez-vous, Censeur importun, sçachez que votre orgueil n'en impose qu'à ceux qui n'ont ni goût, ni connoissance, & que parmi les Gens de Lettres, vous n'avez que des *contempteurs*.

Que ses gémissemens continuels sur la décadence des Lettres sont ennuïeux! A la verité l'on seroit tenté de l'en croire sur sa parole, & de traiter les François de Barbares, (Lettre 63.) si l'on jugeoit de la Litterature Françoise par ses Ouvrages. Rendons plus de justice à notre siécle. Les Memoires de l'Academie des Sciences ne surpassent-ils pas toutes les productions precedentes en ce genre? Mrs. Rousseau, de Voltaire, Gresset, & pluſieurs autres ne font-ils pas honneur à leur ſiécle par leurs talens ? A peine les grands-hommes qui ont porté l'éloquence parmi nous à ſa perfection ont diſparu ; & le public aplaudit à leurs ſucceſſeurs, malgré les indignes Satires de notre Zoïle. Le goût de la Peinture, de l'Architecture, des Equipages, des Bijoux, des ameublemens, n'eſt point inférieur à celui du dernier ſiécle : Les décorations & les commodités dans les Villes & dans les chemins l'emportent de beaucoup ſur les Ouvrages du temps paſſé. A qui donc en a M. l'Abbé Desfontaines dans ſa mauvaiſe humeur ? Sur quoi peuvent être fondés les reproches de la décadence des Lettres & des arts ? Que ne compoſe-t-il des Poëſies & des Pieces de Theatre ? On peut lui garantir une réüſſite égale à celle qu'il a eüë en qualité d'Hiſtorien, de Compoſiteur de Romans, & de Critique.

Dans ſa Lettre 73. p. 210. M. l'Abbé Desfontaines s'eſt peint admirablement ſous le nom de Philiſtus. *Cet homme*, dit-il, *examinoit ſoigneuſement les diſcours & les penſées des Auteurs....*

pour les rabaisser & paroître avoir plus de sçavoir qu'eux.... Philistus étoit Auteur lui-même, mais fort mediocre. Il est vraisemblable qu'il faisoit des Libelles, & peut-être de ridicules Romans. Nous allons bientôt parler des Romans de M. l'Abbé Desfontaines. Tout le monde connoît ses Libelles, dont le dernier l'a obligé de se cacher pendant quelque tems, il y a environ dix mois. Fût-il jamais de peinture plus ressemblante?

L'Abréviation d'un Ouvrage * très-estimable ne fait pas plus d'honneur à M. l'Abbé Desfontaines, que ses Observations sur les Modernes. Pour rendre cette Abréviation plus utile, il l'a grossie (n'ayant rien de mieux) d'une liste informe des noms des ruës de Paris; car c'est un frélon importun, qui employe toutes sortes de stratagêmes, pour vivre du travail d'autrui. C'est un plagiaire sans pudeur, qui s'est attribué des Ouvrages dont il est incapable: Comme la Traduction de l'Histoire Romaine d'Echard, & du premier Tome de Gulliver: car il n'entend pas un

* *L'Histoire de la Ville de Paris par le P. Lobineau.*

mot d'Anglois, & il voudroit persuader qu'il sçait cette Langue, aussi faussement qu'il a tâché de se donner pour l'Auteur de la Comedie du Triomphe de l'interêt, qui est de M. de Boissy, & de la Critique qu'un Jesuite a faite de la Religion prouvée par les faits. Ce qui lui apartient veritablement, c'est le plat ouvrage de ses Poësies sacrées; un tas de petites Brochûres malignes & superficielles, qui ont pour titre: Les Paradoxes & Antiparadoxes litteraires; l'Eloge de la Brochûre; l'Apologie de M. de Voltaire; les Observations sur les Lettres d'un Suisse; le second Tome, ou l'insipide Continuation de Gulliver; le Nouvelliste du Parnasse; le Pantalon Phœbus, farci d'un galimathias outré, qui ne ressemble en aucune maniere à ce qu'il a dessein de critiquer; la Harangue du Docteur Mathanasius à sa reception à l'Academie, sorte de bouffonnerie que son imagination sterile lui fait recommencer toutes les fois que sa bile empoisonnée le suffoque; le Dictionnaire Néologique, où il a rassemblé, sans discernement, des expressions & des phrases, blâmant également les bonnes & les mauvaises. Historien ignorant, Poëte en dépit de Minerve, Romancier pesant & ennuyeux ; il s'est montré détestable en tous les genres qu'il a tentés.

Alors cette Dame qui met tant d'agrément dans notre Societé, s'étant aperçûë qu'il se mêloit un peu d'amertume dans la Critique de l'ami de M. Ramsay, interrompit un silence qu'elle avoit gardé jusqu'alors ; & elle dit : M. l'Abbé Desfontaines devroit être plus heureux du côté des Romans ; car il a aprouvé ce sentiment d'un Auteur, qu'il critique d'ailleurs assez mal à propos, que le Roman pourroit devenir très-utile aux mœurs & à la societé, si l'on ne s'y proposoit que d'instruire sous le voile de la fiction, de former le cœur & de polir l'esprit des jeunes gens. Aparemment M. l'Abbé Desfontaines a composé ses Romans dans ce goût noble, qui caracterise les Anecdotes de la Cour de Philipe-Auguste, ou avec ces graces naturelles, qui font paroître l'Histoire du Prince Titi écrite par la naïveté même. Que vous êtes bonne, Madame, dit alors le jeune Provincial, en faisant un grand éclat de tire ! Avés-vous peur que ce côté si ridicule de l'Auteur en question ne nous échape ? Ou ne connoissés-vous pas son Roman intitulé *D. Juan de Portugal*, dans lequel l'ennui est distilé à chaque phrase ? Il dit à la p. 83. ce Comte *à l'occasion* de cette vente, avoit eû *occasion* de parler souvent à la Princesse. Voilà un stile fort élegant pour un si dédaigneux Puriste. Dans les Memoires de Madame de Barnevelt, l'honnêteté & la raison sont blessées continuellement ; mais il faut avoüer qu'il s'est surpassé lui-même dans son Roman lugubre *des Anecdotes galantes de la Cour de Neron*. Je vais, Madame, vous en donner quelque idée ; j'en ai fait depuis deux jours l'ennuyeuse lecture ; & aussi-tôt le tirant de sa poche, il lut à la page 221. des Anecdotes : *Mais sa femme qui l'avoit suivi, plus hardie & plus traitre encore*... Vous voyés que notre puriste Allemand n'a pas encore apris qu'on dit d'une femme qu'elle est traitresse, & non qu'elle est traitre.

Que penserés-vous, Madame, de cette phrase de la p. 111. *Encore Epicharis ne crût-elle pas exposer les jours de ce Prince par cette démarche ; elle vouloit seulement ſauver les ſiens , & garantir ſon honneur attaqué par un miſerable affranchi, que la brutalité de ſon maître avoit placé jusques dans ſon lit, & à qui ce même maître permettoit d'attenter juſques ſur une fille vertueuſe, qui n'avoit jamais été foible que pour lui.* Je vous jure, Madame, que je me ſuis donné la torture pour entendre cette phraſe, mais qu'il m'a été impoſſible d'y rien comprendre, ni d'y trouver aucune liaiſon avec le reſte du Roman.

Cependant de peur que mon Oncle ne m'apelle une ſeconde fois épilogueur, je paſſe à quelques Obſervations plus importantes. Notre Auteur dit à la p. 250. du même Roman: *L'Eſpagne & les Gaules, pays peuplés d'habitans égaux aux Romains en bravoure, avoient ſouvent vû leurs Gouverneurs parvenir à l'Empire.* Il faut vouloir ſe broüiller avec la raiſon pour dire que du tems de Neron, l'Eſpagne & les Gaules avoient vû ſouvent leurs Gouverneurs parvenir à l'Empire. Aſſûrément ni Auguſte, ni Tibere, ni Caligula, ni Claude, n'étoient parvenus à l'Empire par cette voye, non plus que Neron lui-même. Jule Cezar, à la verité avoit paſſé de ces Gouvernemens, non à l'Empire, mais à à une Dictature perpetuelle ; cet exemple unique peut-il faire dire que l'Espagne & les Gaules avoient vû souvent leurs Gouverneurs parvenir à l'Empire ?

Preparés-vous, Madame, à un dessein bien conduit. p. 104. du Roman, Neron aprend que sa Mere, sa Femme & Othon, mari de sa maîtresse, sont dans une maison voisine du Palais. Sur cela, le rusé Tiran forme le dessein de brûler son Palais, pour comprendre ces trois personnes dans le même incendie. *Craignant de ne pas retrouver une pareille occasion de se défaire à la fois d'une Mere importune, d'un Mari jaloux & d'une Femme inutile.* (Remarquons, n'en déplaise à mon Oncle, la justesse & l'élegance de ces épithetes, d'une Femme inutile !) *il resolut donc de mettre le feu à son Palais, qui communiquoit à la maison d'Epicharis, dans l'intention de faire périr tout d'un coup, les seules personnes qui mettoient obstacle à son bonheur.* Mais quelle aparence que trois personnes, qui étant bien éveillées, voyoient le feu au Palais de l'Empereur, se laissassent consumer par les flammes dans une maison voisine ?

Vous avés rendu justice, Madame, aux loüables intentions de l'Auteur, pour l'utilité des Romans. Peut-être ne serés-vous pas fâchée de voir comment il s'y prend. Voici une reflexion tirée de la page 47. *comme Popée joignit à son discours tout ce qui pouvoit le rendre plus persuasif, & que d'ailleurs il flatoit Othon, ce Romain pria seulement sa Femme de paroître plus sensible aux politesses de Neron ; & voilà comme sont les femmes, elles cachent leur jeu avec tant d'adresse, qu'un mari même s'y trompe, & les sollicite encore pour être mieux trompé. Il y a tant de souplesse dans une conduite si artificieuse, que je ne sçais, si je dois donner le nom de vice ou de vertu à une dissimulation dont le crime est pour ainsi dire effacé par l'art :* Voilà le trait d'un grand Maître, Madame ; cette reflexion n'est-elle pas bien propre à instruire sous le voile de la fiction, à former le cœur, & à polir l'esprit des jeunes gens ?

Après cela quelle modestie d'avoir fini sa Preface par ces mots ! *le succès des Ouvrages dépend presque toûjours de la façon dont ils sont écrits : malheureusement cette maxime ne me rassûre que mediocrement sur le succès du mien.* Notre Auteur caustique avoit dit au commencement de cette même Preface : *On ne trouve pas toûjours des Memoires d'un Homme de qualité , ni des Clevelands ; il faut être l'Auteur de ces livres pour en faire de semblables ; & ce ne seroit point assés de son esprit , il faudroit encore avoir son cœur.* On sçait que l'Auteur des Anecdotes Galantes , n'aime pas l'Auteur de Cleveland , & cette loüange renferme le poison le plus noir. Car vous sçavés , Madame ..... mais j'ai pitié de cette autre pauvre + Choüette hebdomadaire , dont le caquet orgueilleux & menaçant a été rudement confondu dans les Memoires de Trevoux du mois de Novembre 1735. qui portent en propres termes : *le cinquiéme Tome de Cleveland est rempli de toutes les horreurs que la plus monstrueuse imagination est capable d'enfanter. M. Prévost désavoüe ce volume , il est vrai , & il lui convenoit de prendre ce parti. Mais que répondrons-nous à ceux qui prétendent le retrouver dans son stile ; & qui citent en preuve le témoignage d'un Libraire de Hollande ?* En voilà bien assez pour faire perdre la tramontane à un Auteur , outre que celui-ci est épuisé. Gazetier sans verité , Critique sans dis-

+ Mr. l'abbé Prevost

cernement, Auteur sans traiter jamais son sujet, quoi qu'il ait soin de dire de tems en tems, *au moins voici du pour & contre : on ne dira plus qu'il n'y ait pas ici de pour & contre ;* comme ces Peintres grossiers qui étoient obligez de marquer au-dessous de leurs tableaux les sujets qu'ils avoient voulu representer. Tantôt il copie M. l'Abbé Terrasson ; une autre semaine il transcrit M. Jeremie Collier. Il vous regale de l'Extrait ennuyeux d'un Poëme de M. Jacob, ou de longues Traductions de Comedies Angloises. Le Nombre 139. joint des Décisions de M. Arnauld sur des Cas de Conscience, avec une dissertation assez impudente sur les Filles de Theatre. Indigne pot pourri ! & quelle audace de dire qu'il travaille pour l'instruction du Public, lorsque tous ses ouvrages tendent à la dépravation des mœurs !

Si vous voulez l'en croire, il vient de faire ressource, & on peut compter dorénavant sur des bribes de Physique, qu'il gâtera sûrement en les déplaçant. Les matieres philosophiques, quoique copiées d'après les bonnes sources, lorsqu'elles sont sans ordre & sans liaiſon, paroiſſent très-mépriſables à ceux qui y ſont verſez, & ne ſont que du galimathias pour ceux qui les ignorent. Mais c'eſt peut-être là le fin du nouveau projet de M. Prévoſt, qui magnifique à ſon ordinaire en promeſſes, nous aſſûre dans ſa feüille 113. que les explications les plus vrai-ſemblables de la Philoſophie ſeront vûës plus facilement & plus volontiers dans les feüilles du pour & contre, que dans de gros volumes de Mathematique ou de Phiſique. Il étoit parvenu à introduire dans quelques cabinets le fatras de ſes feüilles; mais lorſqu'on eſt venu à lire de ſuite des lambeaux d'un aſſortiment ſi bizare, tout le monde s'en étoit dégoûté, avant le coup de maſſuë de l'impitoyable Journaliſte de Trevoux.

Le jeune Provincial dit alors à la compagnie, que ſi elle étoit diſpoſée à l'écouter favorablement, il lui feroit part d'un grand nombre d'obſervations qu'il avoit faites ſur les écrits de ce curieux perſonnage: & jugeant par le ſilence qu'on lui prêtoit que ſa propoſition étoit bien reçûë, il continua ainſi. Quelle ſatisfaction pour ceux qui font un recuëil des feüilles du pour & contre ! on verra ce prodigieux génie se rabattre tout d'un coup de la region de Saturne, ou même des Etoiles fixes, aux plus basses Historietes écrites du stile de Manon Lescaut. Il passera de la contemplation de la nature à la morale fine du cinquiéme Tome de Cleveland, il va relever ses ennuyeuses rapsodies par les sublimes travaux de * M. le Cat.

Dans la feüille 119. Il regarde comme un établissement nouveau, dont nous sommes redevables à l'Angleterre, la methode aussi ancienne que la Physique, de faire des experiences. Quel est son dessein ? Veut-il faire à son ordinaire de vains raisonnemens ? Ou peut-il ignorer que depuis qu'on a donné quelqu'atention à la Physique, on a toûjours fait dans les Academies, & dans les Maisons particulieres, aussi bien que dans les Colleges, les experiences qui se raportent aux Leçons de Physique ? Il décrit ensuite ces experiences par vingt - sept *ou* tout de

* *Auteur d'un Systême sur le Flux & Reflux de la Mer.*

suite : *on fait voir*, *on fait connoître*, *on fait voir*, *on voit*, *&c.* Oh ! la jolie Physique qu'il va donner ! elle sera aussi bien écrite, que sçavante & bien placée.

Dans la feüille 125. du pour & contre, il annonce un ouvrage periodique sur le goût. *Cet ouvrage*, dit-il, *manquoit à la Republique des Lettres.* N'y a-t-il pas de quoi perdre patience? Dans le tems que le pour & contre, ouvrage periodique, bat la campagne, & ennuye le Public de ses rapsodies frivoles ; que le Glaneur François, ouvrage periodique, est réduit aux abois ; que le repertoire, ouvrage periodique, & le plus suportable de tous, se soutient à peine contre les dégoûts du Public ; que les Amusemens de l'Esprit & du cœur, ouvrage periodique, dont le début avoit été fort ingenieux, ont été suprimés par leur Auteur, à qui il ne convenoit pas aparemment d'être en concurance avec tant de mauvais ouvrages ; dans le tems que les Observations sur les Modernes, ouvrage periodique, quoi qu'elles s'érigent en superbes reformatrices, font pitié par leur insuffisance ; que M. l'Abbé Desfontaines produit au Public. M. l'Abbé G. comme son Collegue pour les ouvrages periodiques ; que des reflexions periodiques sur les ouvrages litteraires viennent encore en dernier lieu d'éclore, M. Prévost nous annonce, comme necessaire, un nouvel ouvrage periodique. En verité, ne pourroit-on pas dire à tous ces Ecrivains fameliques : *Dic, sodes, ubi pudor ? Où Diable est la pudeur ?* On peut prévoir qu'il y aura bientôt plus de Juges que de Citoïens dans la Republique des Lettres, que tous les honnêtes Gens vont en déserter, & que les Juges y resteront enfin sans juridiction.

Il y a beaucoup à esperer de cet ouvrage, s'il répond à la maniere dont il est annoncé : *c'est l'Ecole du goût. Son projet embrassera tous les bons livres, pour les distinguer par une éloge sans flaterie.* Le Professeur de cette Ecole sera sans doute quelque Compositeur de Roman. *Il rangera les Heros & les Auteurs des Dictionnaires & des Journaux. N'est-il pas triste*, dit l'élegant M. Prévost, *pour un Auteur d'un certain ordre, d'y voir à son côté les* Bavius *& les* Mœvius, *sans autre titre pour occuper cette place, que la date de leurs livres dont le voisinage le* *deshonore ? Que diroit un Officier qu'on forceroit de vivre pêle-mêle avec des Soldats ?* Oh ! que cette annonce promet un goût exquis ! *d'ailleurs il ne faut pas croire qu'en se bornant à rendre justice aux bons livres, on renonce absolument à la critique.* Eh ! bien critiquez donc, Auteurs malins & steriles, qui n'étes capables que d'épiloguer sur des livres nouveaux, que le silence des Auteurs va bientôt vous refuser.

Dans le Nombre 128. M. Prévost s'écrit à lui-même les loüanges les plus fades. *La maniere dont vous annoncez l'Ecole du goût*, dit-il, *fait desirer que celui qui en sçait si bien representer les avantages, en soit aussi l'Auteur.* Il invite trois sortes de personnes à lui fournir les materiaux de ce nouvel ouvrage ; *les paresseux, ceux qui ont la fatuité de ne vouloir pas paroître Auteurs, & ceux qui n'ont pas assez de fond pour parvenir même à une brochûre.* L'invitation est fort gracieuse, & cette espece de gens, est très-propre à fournir d'excellens preceptes pour le goût.

Il montre d'ailleurs une grande capacité dans les Arts, lorsque parlant d'une Statuë Equestre du Duc de Marlborough, qui doit être placée sous l'arcade d'un Arc de Triomphe, au sommet duquel on posera une Statuë de la Reine Anne, il dit dans le Nombre 125. p. 108. *Je doute si un Heros à cheval sous une Arche, & cette Arche qui sera par consequent à cheval sur le Heros, & la Reine, si l'on me permet toutes ces expressions bizares, qui sera aussi comme à cheval sur l'Arche, en un mot, si ces quatre pieces placées l'une sur l'autre, formeront un monument d'aussi bon goût que les Anglois se le figurent.* Il n'y a là que trois pieces, une Statuë Equestre, un Arc de Triomphe, & une Statuë Colossale en pied, à moins que l'Auteur ne distingue le cheval & le Duc. Quelle pitoïable idée, de dire que le centre d'un Arc de Triomphe est à cheval sur une statuë, & qu'une autre statuë en pied est aussi à cheval sur une voûte. Il devoit ajoûter que le cheval de la statuë est à cheval sur le pied-d'estal, & que le pied-d'estal est à cheval sur la terre.

M. Prévost, Auteur universel, va briller dans un autre genre plus difficile. Il devient Géometre. Un de mes amis fort enfoncé dans cette science, se mit à rire de bon cœur, lorsqu'il entendit parler *de regler l'estime de la route sur Mer* (Nombre 133.) *par les triangles*. Il entra ensuite en fureur de ce qu'un homme, qui entreprenoit de donner au Public des Notions de Mathematique & de Chronologie, ignoroit que la Reformation Gregorienne avoit levé les embaras du Calendrier. Je laissai cet homme dans l'agitation de sa bile, soit parce que je suis naturellement éloigné de tout emportement, soit parce qu'il me parut que si M. Prévost ne sçavoit ce qu'il disoit sur ces matieres, l'offense au fond n'étoit pas si grave de sa part. Mon malheur m'a fait encore rencontrer deux Sçavans à quatre poils, fort entêtés au sujet *des Commentaires de Machiavel sur l'Eglise*, *& du Cône de Locke*, dont il est parlé dans le Nombre 130. l'un d'eux soutient qu'il n'y eût jamais *de Cône de Locke*, *ni de Commentaires de Machiavel sur l'Eglise*, & qu'il faut lire les Commentaires de Machiavel sur Tite Live: l'autre prend le parti de l'érudit M. Prévost Il y a de grosses gageures: & les Academies des Sciences doivent être consultées.

A tant d'ignorance (diroit encore M. Courtaud) *on joindroit inutilement les grandes machines du stile. Les rudes soubresaults & les cabottemens incommodes, qu'il me cause en me faisant échoüer au sortir d'une bonasse romanesque, ou d'une traduction insipide, contre un écueil de Mathematiques ; & les fréquens hiatus de ces matieres mal assorties, cabrent l'imagination la plus résignée au joug austere de l'humble patience.*

M. Prévost a été sommé très-maussadement de declarer de quel front il osoit tantôt donner ses Histoires romanesques pour veritables, & tantôt avoüer que ce n'étoit que des fictions, se joüant ainsi de ses Lecteurs & de la verité. Le jeune Provincial à ce sujet lût ces paroles dans un Recueil des Feüilles du pour ou contre, Nombre 90. *J'avouë que ne m'étant proposé que de faire goûter quelques maximes de morale, à la faveur d'une narration agréable, j'y ai mêlé quantité de choses pour lesquelles je ne demande point d'autre foi que celle de l'imagination.* Quel galimathias de ne demander point d'autre foi que celle de l'imagination ! ne trouvez-vous pas qu'il reüssit également au choix des maximes

maximes & aux agrémens de la narration ? Ce génie fabuliste nous menace dans le nombre 135. de publier l'Histoire des plus Grands Hommes de la Monarchie Françoise. Il faut esperer que ce dessein n'aura pas plus d'execution, que la suite de Cleveland, & l'Ecole du goût. Comment attendre la verité d'un esprit nourri de fictions ? Que peut-on esperer d'instructif, d'un Auteur ignorant & superficiel ? Conçoit-on qu'une plume, qui n'est faite que pour des fades historietes, ose entreprendre une matiere qui demande la gravité & les talens d'un excellent Historien.

M. Prévost tâche de gagner les suffrages des Dames. Il se tourmente comme un Diable dans un Benitier, pour se mettre à la mode par les fadeurs qu'il dit au beau Sexe. Avés-vous remarqué, Madame, l'Histoire de la Païsanne idolâtre, plus adorable que son idole ? Je ne crois pas, répondit Madame de..... qu'une jolie femme fût fort flâtée de ressembler à une idole.

Le jeune Provincial demanda encore à Madame de.... si elle avoit lû la feüille 109. de M. Prévoſt ; qu'il donne pour le triomphe du beau Sexe : Quel triomphe, reprit Madame de.... après avoir outré tout ce qu'il y a de plus offenſant pour notre Sexe, croit-il le réparer par un éloge, qui ne peut être agréable qu'à des cœurs gâtés, & qui a quelque choſe de plus offenſant encore que ſes mépris, ſi les éloges ou les mépris pouvoient offenſer de ſa part ? Toutes les Femmes ſenſées ont de l'averſion pour des hiſtoriettes inſipides, qui ne tendent qu'à corrompre les mœurs.

A propos, dit-elle, comme je m'intereſſe à ce qui concerne la Muſique, je voudrois bien ſçavoir ce que M. l'Abbé Desfontaines entendoit dans une de ſes Lettres, lorſque faiſant l'éloge d'un Muſicien, il diſoit qu'il y avoit beaucoup à en eſperer, *pourvû qu'il fût ſoutenu d'un bon barde*. Le bon barde, ne ſeroit-il point quelque nouvel Inſtrument de Muſique pour l'accompagnement, d'une figure ſemblable à un mortier qui ſert à tirer des bombes ? J'avouë, Madame, dit le jeune Provincial, que la même penſée m'eſt venuë qu'à vous. Mais j'ai

cet endroit fait allusion a Mr. Bombarde

reconnu enfin que M. l'Abbé Desfontaines est un pédant, qui sacrifie la clarté à une érudition triviale. Parmi les Druïdes, il y avoit anciennement dans les Gaules des Poëtes apellés Bardes; cette phrase obscure signifie donc, qu'il y a beaucoup à esperer du Musicien, s'il travaille sur des Vers propres au Chant.

Ne vous souvenés-vous pas de la Critique de l'Opera de Scanderbeg, qui est au même endroit? M. l'Abbé Desfontaines s'en mocque, parce que le Heros qui s'attend à recouvrer bientôt sa liberté dit: Que ces lieux sont beaux! l'espoir qui m'a charmé les embellit encore. Il pretend que c'est la même chose que si l'on chantoit: *Ah! que ma prison est belle! que je trouve ma prison charmante!* Mais c'est cette Critique elle-même qui manque de bon sens, car il n'est point du tout extraordinaire qu'un Heros détenu dans un des plus beaux lieux de l'Univers, s'aperçoive de ces beautés, lorsque son esprit est disposé très-agréablement par l'esperance d'un bonheur prochain.

Au reste la Musique Françoise, admirée jusqu'ici pour sa beauté, sa noblesse, & sa veritable expression, la Musique de Lulli, de tous les Musiciens qui ont jamais paru en France (Lettre 88. p. 315.) est un fade pleinchant, dont l'oreille des connoisseurs est dégoûtée. C'est ainsi que nos Choüettes hebdomadaires entreprennent de décider de tout ce qu'elles ne connoissent point. Comment, chers Amadis, étes vous devenus des Perrins Dandins ? Vous étes transportés de l'ardeur de juger : Ah ! vos génies romanesques n'étoient faits que pour la Critique passive.

Mais quelles sont les fonctions de l'Abbé G.+... ce Collegue de l'Abbé Desfontaines dont il est parlé ? Ne fait-il que preparer les materiaux, ou a-t-il part à la composition ? L'emploi tel qu'il soit, est fort distingué. Malheureuse contagion de la République des Lettres, puisque ces insectes naissent sous les pavés !

L'Oncle du jeune Provincial prit la parole & dit : mon Neveu, ces feüilles hebdomadaires ne sont pas si décriées qu'on le croiroit à vous entendre. On les lit dans les Caffés ; & si l'on est désabusé d'en continuer les re-

+Granet

cuëils , je ne laisse pas de connoître plusieurs personnes , qui sont abonnées pour leur lecture , comme pour celle des Gazettes. Il y a même un Curieux qui a déja ses quarante & tant de volumes des ouvrages de M. l'Abbé Desfontaines & de M. Prévost , & qui fait travailler un *érudit* du même genre , à une table generale du *Pour & contre*. On se mocqua beaucoup de la simplicité du pretendu Curieux ; & un moment après la compagnie se separa.

Je fis alors reflexion que le jeune Provincial est un peu étourdi , & qu'il pouvoit bien y avoir quelque prévention contraire à l'Auteur des Revolution de Pologne , dans les amis de Mrs. de Fontenelle & de Ramsay. Je me souvins que M. l'Abbé Desfontaines avoit averti le Public , de la ressemblance de ses ouvrages & de ceux de feu M. l'Abbé de Vertot ; or peu d'ouvrages m'ont fait autant de plaisir que les Revolutions écrites par cet illustre Abbé. Je formai donc la resolution de lire les Revolutions de Pologne , & les ayant trouvées sur la table , je les mis dans ma poche avec la permission du Maître de la maison , & je m'en allai.

Dès-que je fus chez moi, je commençai avidement la lecture des Revolutions de Pologne. Les premiers mots de la Preface sont : *Voici les faits les plus autentiques, les plus importans & les plus curieux de l'Histoire de Pologne, que je donne au Public sous le nom de Revolutions. Une Histoire plus étenduë auroit été peu interessante & fort inutile.* Cette premiere phrase me parût ressembler beaucoup à ce bel Exorde vanté par Horace : *Fortunam Priami cantabo.* La seconde m'aprit ce que j'ignorois, que les Histoires étenduës par la narration des faits sont fort inutiles. Je cherchai la raison de l'inutilité de ces Histoires, & je fus persuadé, que de même que nous avons vû ci-dessus, que Neron regardoit sa femme comme inutile, non qu'elle ne pût servir, mais parce qu'il ne s'en servoit pas ; aussi M. l'Abbé Desfontaines trouve les Histoires étenduës inutiles, non qu'elles ne puissent servir, mais parce qu'il ne s'en sert pas.

J'ai suivi Duglossius, Chanoine de Cracovie, ... ouvrage très-mal écrit, & assez peu sensé à certains égards. On a quelque peine à comprendre que M. l'Ab bé Desfontaines porte un jugement si assûré d'un Auteur, dont il ne connoît pas même le nom.

Outre la facilité naturelle, avec laquelle sa Nation ajoûte foi au merveilleux, il semble que son état lui eût donné encore plus de pente vers la credulité. Ce Royaume souffre-t-il quelque perte? Il ne l'attribuë qu'aux pechés des Rois & des Peuples..... Je n'ai jamais pû démêler si son état se raporte à l'état de la Nation, comme la suite semble le faire voir, ou si son état doit s'entendre de l'état de Chanoine de l'Historien.

Et Duglossius est un bon guide pour un Historien, qui a quelque discernement. M. l'Abbé Desfontaines a voulu sans doute montrer, que ne connoissant pas ce guide, il ne s'attribuoit pas ce discernement : qu'on dise tant qu'on voudra que ses observations sur les Ecrits des Modernes renferment un orguëil insuportable aux Gens de Lettres; qui trouveroit-on parmi eux, capable d'un trait pareil de modestie?

Je passai rapidement au second Preliminaire intitulé : *Description* p. 13. *si abusant du pouvoir qui lui est confié* (le Roi de Pologne) *il ne se conformoit pas au traité fait à ſon avenement à la Couronne entre ſon Peuple & lui, il verroit bientôt une ſuperbe confederation ſe former ouvertement pour le dépoſer.* Voilà du beau ſtile ! que cette épithete, ſuperbe confederation, fait un bel effet ! voilà ce qui tiendra lieu au Lecteur des détails circonſtanciés.

On ſouhaiteroit quelquefois de ſçavoir ſur quelle autorité certains faits extraordinaires ſont avancés, comme celui-ci par exemple. P. 13. *le Roi de Pologne ne peut ſe marier ſans le conſentement des Etats.*

P. 14. *Le Clergé & la Nobleſſe compoſent le Senat, car on ne reconnoît point en Pologne de Tiers-Etat.* J'ai penſé d'abord que l'Auteur vouloit dire que le Tiers-Etat n'eſt point admis en Pologne à deliberer avec les deux autres ; mais ce ſens eſt contraire à ſon expreſſion, & il veut aparemment qu'on entende qu'il n'y a point en Pologne de Tiers-Etat, ou qu'on n'y connoît que le Clergé & la Nobleſſe, parce que les Polonois, comme autrefois les Egyptiens & les Perſes, ſe croyent tous également Nobles.

Page 15. *Après ces dix premiers Offi-*

ciers du Royaume & du Duché.... Je fus étonné de ce que l'Auteur n'en ayant nommé que cinq, en comptoit dix. Je doutai aussi pendant quelque moment s'il ne falloit point en entendre vingt, dix du Royaume & dix du Grand Duché : mais peu après je reconnus mon défaut de penetration & de memoire, m'étant rapellé ce qu'il avoit dit, que le Royaume de Pologne & le Grand Duché de Lithuanie, ont également tous ces Officiers ; & je conçûs que c'étoit une finesse du stile, d'en nommer cinq, & d'en compter dix.

Page 16. *Le Clergé possede plus de deux cens mille Bourgs & plusieurs Villes considerables.* Devinez, si vous pouvez, le principe non seulement de ce calcul chimerique, mais de cette exageration si ridicule, puisqu'il est très-assûré qu'il n'y a pas dans toute la Pologne, 25. mille tant Villes que Bourgs.

Page 20. *Les Ministres des Candidats doivent faire briller l'or, donner des repas somptueux, & outre la magnificence, pousser leurs festins jusqu'à la débauche & l'yvrognerie.* Ce terme de *Candidats* me parut ridicule, pour exprimer des Pretendans à une Couronne ; & je ne crois pas que les Censeurs les plus indulgens puissent souffrir qu'on fasse un devoir à des Ministres, de ce qui est contraire à la Religion, à la Morale & même à la Politique.

Fatigué de la Preface & de la Description je parcourus le troisiéme Preliminaire intitulé : *Introduction*. L'Auteur y parle *d'une Noblesse de Pologne, dans des tems anterieurs de 400. ans à l'Ere chrétienne, & même beaucoup plus reculés*. Il seroit à souhaiter que Mr. l'Abbé Desfontaines eût pris la peine de nous aprendre de quelle espece étoit cette Noblesse Polonoise. Les anciens Historiens ont expliqué en quoi consistoit la difference des Citoyens d'Athenes & de Rome : quelle étoit donc la Noblesse de Pologne 400. ans avant J. C. & beaucoup plus anciennement ? Mais un Lecteur n'est-il pas injuste de vouloir être tout d'un coup aussi sçavant que l'Auteur ?

Page 5. parlant de la Princesse Vanda, qui se précipita dans la Vistule après une grande victoire, pour se sacrifier à ses Dieux ; *C'est dommage*, dit-il, *de voir cette grande Princesse devenir folle après cet évenement* ; n'y a-t-il donc pas bien de la difference entre commettre une de ces actions, qui sont à la verité des traits de folie, mais conformes aux superstitions & à la folie de toute une Nation, ou devenir folle ?

Il n'y a aucune suite entre la fin de l'Introduction & le commencement du premier Livre ; & on ne voit pas pourquoi Miecslas I. paroît sur le Trône après Semomislas, s'il est son Successeur immediat, ni comment il lui succede.

Livre premier page 15. *Miecslas envoya à Rome demander la Couronne Royale. Mais Benoît VII. lui préfera Etienne, Duc de Hongrie, qui la demandoit également, soit que ce Pape eût été prévenu contre Miecslas, ou qu'il eût déja apris la mort de ce Prince.* Il resulte clairement de ces expressions, que Miecslas & Etienne demandoient la même Couronne Royale, ou que le Pape n'en pouvoit accorder qu'une, suivant l'opinion de ces tems-là ; l'une & l'autre consequence est également fausse.

P. 15. *Boleslas I. est Capitaine & Soldat* ; & page 20. *il bat Jaroslas, qui faisoit le devoir de Capitaine & de Soldat.*

Ici je fus saisi d'un tel ennui que je fermai le Livre , avec la resolution de ne plus l'ouvrir, & de renvoyer le Lecteur à cette rare production, pour connoître le nouveau modele des Historiens , à qui j'ai l'obligation d'une des bonnes nuits, que j'aye passées depuis que je suis au monde. Je ne lui ai trouvé aucune ressemblance avec M. l'Abbé de Vertot, si ce n'est dans les deux titres d'Abbés des Auteurs, & dans les deux titres de Revolutions des ouvrages. Je ne sçai si je suis trop long ou trop court, n'ayant pas dans l'œil le compas de nos deux Choüettes hebdomadaires, pour ajuster ma Lettre à un espace limité

Je ne suis pas étonné que la mode des feüilles hebdomadaires se soutienne en Angleterre, où les raisonnemens politiques sur l'évenement du jour interessent differens partis ; mais quel peut être le merite de ces lambeaux, lorsqu'ils n'ont rien de piquant par la nouveauté ? Si le Public en pouvoit être long-tems la dupe, ce seroit une bonne invention pour les Auteurs, de tripler le prix de leurs ouvrages, en même tems qu'ils se debarasseroient de de l'ordre, des liaisons, en un mot de tout ce qui fait la bonté & la difficulté des autres ouvrages. En cas que cette Lettre vous fasse quelque plaisir, je vous entretiendrai de tems en tems des succès de nos Critiques modernes ; car j'ai dessein de rendre cet ouvrage periodique. Je suis, &c.

Ce 26. Janvier 1737.

J'ai pris beaucoup de plaisir, Monsieur, au récit que vous me faites de ce qui s'est passé dans notre aimable societé. Je reçûs avant-hier, presque en même tems que votre Lettre, celle d'un Genéalogiste & celle d'un Poëte. Le premier est indigné contre M. l'Abbé Desfontaines, de ce qu'après avoir raporté dernierement ce qui est dit dans un Memoire de M. de Beaufremont : *Que les Bourguignons disoient autrefois : Nobles de Vienne, Preux de Vergy, Riches de Châlon, Fiers de Neufchatel, & les bons Barons de Beaufremont*, il ajoûte, sans connoître les Familles dont il parle : *de ces illustres maisons, celle de Beaufremont est la seule qui subsiste aujourd'hui* : Comme si la maison de

Vienne ne subsistoit pas en Bourgogne & même avec splendeur ; M. le Comte de Vienne aïant été il y a quelques années, élû de la Noblesse de cette Province. Pour le Poëte, il est furieux contre M. Prévost, de ce que depuis peu il a traité la rime *de Hochet convenable seulement dans la main d'un Enfant.* En effet, M. Prévost est excessivement ennuïeux, lorsque dans une question décidée autentiquement en faveur de la rime, il prend le mauvais parti, & opose à des reflexions de M. le President Bouhier, pleines de bon sens & d'élegance, des raisonnemens vâgues & qui ne signifient rien. Vous voïez que tous les Oiseaux donnent à l'envi des coups de bec aux deux Choüettes. Mais ce fut bien une autre scêne lorsqu'un de mes Voisins m'aporta hier *l'Apologie de M. l'Abbé Desfontaines.* L'article *du Lion malade*, parut d'une impertinence outrée. D'où peut venir, dit-on, à M. l'Abbé Desfontaines cette vanité de se comparer au Lion ? Ses griffes ne sont qu'une impuissante malignité.

Il fait dans cette Apologie la plainte suivante : *Quel est l'Auteur auquel on a jamais imposé la loi de donner la liste de ses vrais ouvrages?* Mais quel est au contraire, l'Auteur jaloux de son honneur & aïant des intentions droites, qui ne cherche pas à distinguer ses vrais ouvrages de ceux qu'on voudroit lui attribuer faussement ?

Vous devez vous attendre à des reproches fort amers, d'avoir oublié dans la liste de ses ouvrages, quelques-unes de ceux pour lesquels il a le plus de complaisance, & qu'il apelle toûjours par une humilité très-orgüeilleuse *ses petites productions.* Il a eû part au Journal des Sçavans, dit-il ; aparemment cette societé de Gens de Lettres, de même que celle des Jesuites, n'a pas merité de le posseder plus longtems.

Au reste, tout ce que vous avez avancé dans la Lettre que vous m'avez fait l'honneur de m'écrire, se verifie par sa propre confession. Les Lettres sur l'ouvrage de M. l'Abbé Houteville, apartiennent au P. Roüillé ; & la maniere dont M. l'Abbé Desfontaines parle de l'Histoire Romaine, est une preuve de la reconnoissance qu'il a de materiaux, que ce Jesuite lui a fournis. La traduction de Gulliver est d'un Irlandois, *qui ne se pique pas d'invention*, mais qui a joüé le rôle *d'un bon Dictionnaire*. Les Revolutions de Pologne, cet ouvrage favori, avoient été *dégrossies & preparées* par un *Travailleur subalterne*; & quand ce Subalterne infortuné s'est plaint de l'injustice de M. l'Abbé Desfontaines, c'est qu'il n'a pas assez respecté la ressemblance de cet Auteur *avec Pascal, Bayle & les Orateurs celebres*, accoûtumés comme lui, à recueillir le fruit des travaux subalternes.

M. l'Abbé Desfontaines s'étoit chargé de l'entreprise de l'Histoire de la Ville de Paris; mais M. d'A.... qui demeuroit avec lui, en a composé la plus grande partie. C'est ce même M. d'A.... qui est l'Auteur des Memoires de Madame de Barneveld; & ce sera leur intime liaison, qui aura fait prendre l'un pour l'autre. Quant à l'Histoire Romaine, M. l'Abbé Desfontaines s'est servi de l'Original Anglois & de la Traduction Françoise du feu Sr. de la Roque; mais il a perfectionné l'un & l'autre, & ce que les envieux voudroient regarder comme la copie

+ d'arrigny de Caste

d'une copie, eſt le veritable original.
Voilà le détail modeſte *des petites productions* de M. l'Abbé Desfontaines, tel que le fait lui-même dans ſon Apologie ce genie ſterile, qui ſentant ſa foibleſſe, ente toûjours ſes productions ſur le travail d'autrui ; & le tout bien apretié, il eſt le Geai de la fable, à qui toutes les plumes dont il s'étoit paré, ſont arrachées.

Mais ce qui lui reſte en propre & bien inconteſtablement, ce ſont ſes deux Romans de D. Juan de Portugal & des Anecdotes de la Cour de Neron. Quant à la Comedie, dont on a crû qu'il vouloit paſſer pour Auteur, c'eſt une calomnie. *Il a une morale plus auſtere & plus pure* ; & il regarde *la compoſition d'une Comedie, comme un travail coupable, ſur tout lorſqu'on eſt Eccleſiaſtique.* Ce qui ſignifie que ce travail eſt toûjours coupable, & bien plus coupable encore dans un Eccleſiaſtique. Mais ſa morale auſtere & pure lui permet d'être Compoſiteur de Romans, peut-être pour en dégoûter le Public.

Vous êtes refuté d'avance, Monſieur, dans l'Apologie, au ſujet de Duglosſius ; ſi M, l'Abbé Desfontaines n'a pas sçû le nom de l'Auteur qu'il avoit pris pour guide dans ses Revolutions de Pologne, c'est que les materiaux sur lesquels il compose, sont des productions subalternes, ausquelles suivant le détail ci-dessus, il ne prend point de part; & il se donne encore moins la peine de faire imprimer un ouvrage sous ses yeux: comme si les soins d'une édition étoient dignes d'un tel genie. Mais *il défie de pouvoir jamais tirer du Livre, dont il s'agit, aucune phrase guindée ou précieuse, aucune de ces expressions, qui choquent également l'usage, l'oreille & le bon sens.* C'est surquoi, Monsieur, vous lui avez donné une ample satisfaction; & il trouvera dans votre Lettre d'excellens avis pour la seconde Edition qu'il prepare des Revolutions de Pologne. Vous pouvés compter d'avoir part au glorieux titre d'un de ses travailleurs subalternes.

On pourroit raporter bien plus d'exemples, que vous n'avés fait, des défauts du stile qui inspire à notre Puriste tant de fierté; mais en verité, il vous en eût coûté trop d'ennui, & vous en dites assez, pour faire connoître- combien cette partie, qui est la moins considerable dans un Auteur, est imparfaite dans M. l'Abbé Derfontaines. *Ex ungue leonem.*

Il devoit être bien content que son méprisable ouvrage des Revolutions de Pologne, fût placé un peu au-dessus du mediocre ; mais au lieu de remercier le Journaliste de Trevoux ; *n'admirés-vous pas ce mince éloge*, dit-il, *donné à regret, & modifié par des assez ?* Il y a des Gens, dont l'audace croît infiniment par les égards de politesse qu'on a bien davantage pour soi-même que pour eux.

Il s'excuse fort honnêtement d'avoir composé l'insipide D. Juan de Portugal, *pour charmer l'ennui d'une longue convalescence* ; & il nous aprend aussi *qu'il avoit composé ses Pseaumes*, *moins pour se faire connoître*, *que pour fuir l'oisiveté & l'ennui.* M. l'Abbé Desfontaines, me permettra-t-il d'exercer un moment son emploi à l'égard de lui-même & de lui dire ? Auteur sans goût & sans génie, est-il juste de fatiguer le Public de vos ennuis ? Bien d'autres que vous, pourroient faire des Romans & des Vers aussi mauvais, mais ils se garderoient de les montrer aux Gens. Vous, qui d'une dent impitoïable mordés les Auteurs, vous contenteriés-vous de si pitoïables excuses? Et lorsque vous répandez le poison de vos Libelles clandestins, n'avés-vous d'autre dessein que de fuir loisiveté & l'ennui? Est-ce un cas sur lequel votre morale austere & pure ne vous fasse aucun reproche?

On m'avoit envoïé, il y a huit ou dix jours, l'Almanach du Diable (vous voïés que je suis assez bien servi sur les nouveautez) cet Almanach est d'un aussi mauvais goût que les calomnies en sont grossieres. Le Diable annonce des prédictions, & toute son impudence se raporte au tems passé. C'est qu'il est de l'espece des sots Diables.

J'y ai trouvé dans la Preface la même faute que vous avez fort bien relevée, d'emploïer personne au genre masculin. *Je craignois* (dit le Diable d'Abbé Desfontaines) *les reproches de plusieurs personnes, qui pouvoient trouver mauvais que je les eusse omis.* Il est clair que ce Diable & M. l'Abbé Desfontaines parlent un même Dialecte. L'identité des deux Auteurs est reconnuë aussi évidemment par les traits de loüange que ce Philistus se donne à lui-même, par le comique larmoïant qu'il a repeté cent fois dans ses Observations, & par son acharnement à mal parler de l'Academie. C'est cette peste publique, qui prêche quelquefois la politesse & les ménagemens des expressions, de même qu'il outre les défauts de stile, blâmés par lui dans les autres.

Je vous exhorte à continuer vos Lettres antiperiodiques, qui amuseront plus le Public, que tous les ouvrages periodiques ensemble. Il est très à propos que ceux qui ne sont pas capables de juger des productions des deux Choüettes, aprennent de vous ce qu'elles valent. Je suis, &c.

Ce premier Février 1737.

P. S. Cet Abbé G..... sur lequel vous marqués quelque curiosité, est M. l'Abbé Granet. C'est lui qui remplit maintenant le glorieux emploi de Travailleur subalterne en regne sous M. l'Abbé Desfontaines.

www.ingramcontent.com/pod-product-compliance
Ingram Content Group UK Ltd.
Pitfield, Milton Keynes, MK11 3LW, UK
UKHW021016180726
13838UKWH00004B/1557